Ami Boué

Über geologische Chronologie

Antigonos

Ami Boué

Über geologische Chronologie

Unveränderter Nachdruck der Originalausgabe von 1872.

1. Auflage 2024 | ISBN: 978-3-38635-060-0

Antigonos Verlag ist ein Imprint der Outlook Verlagsgesellschaft mbH.

Verlag: Outlook Verlag GmbH, Zeilweg 44, 60439 Frankfurt, Deutschland, info@outlook-verlag.de
Vertretungsberechtigt: E. Roepke, Zeilweg 44, 60439 Frankfurt, Deutschland
Druck: Libri Plureos GmbH, Friedensallee 273, 22763 Hamburg, Deutschland

Aus dem LXV. Bande der Sitzb. der k. Akad. der Wissensch. I. Abth. März-Heft. Jahrg. 1872.

Über geologische Chronologie.

Von Dr. **A. Boué,**

wirklichem Mitgliede der kaiserlichen Akademie der Wissenschaften.

(Vorgelegt in der Sitzung am 7. März 1872.)

Da das menschliche Leben und Treiben nur seine bestimmte Zeit hat, so entstand der Gedanke, die chronologische Bestimmung mancher nicht historischen Momente der Erdumwälzungen und -Bildung zu versuchen. Alles muss seinen Anfang und Ende haben, weil es mit uns so steht, aber ob dieser Gedanke, auf das cosmische Gebiet übertragen, auch seine Richtigkeit bewahrt, daran kann der nachdenkende Mensch doch, nach dem schon Beobachteten, zweifeln. Die Ewigkeit ist einmal etwas, was wir mit unserem beschränkten Menschenverstande nicht begreifen können, obgleich wir gezwungen sind anzunehmen, dass die Materie ewig ist und bleibt, möge sie sich auch auf tausend Arten und ins unendliche umformen und verändern.

Wie in allen theoretischen Untersuchungen der Geologie hat man für die Bestimmung ihrer Chronologie den Weg des Bekannten zum Unbekannten oder Gesuchten nehmen zu müssen geglaubt. Aber leider wird das uns leicht zu beobachten Bekannte an Bedingungen oder Naturphänomene gebunden, welche wahrscheinlich, oder besser gesagt ganz bestimmt nicht immer dieselben in allen geologischen Perioden waren. Im Gegentheil kommen da Sedimente oder chemische Bildungen in Berücksichgung; so bemerkt man sehr leicht, erstlich, dass diese Art der Erdumformung während den geologischen Zeiträumen sehr verschieden war, und zweitens, dass selbst die Grössenscala dieser Processe mit dem Alter der Formationen allmälig oder mit zeitlichem Rucken oder Anomalien steigt. Wie kann man dann die Ursachen des Bekannten für die Erklärung des Unbekannten

gebrauchen oder kann man auch nur hoffen, durch Approxima-
tion zu einigen genauen Endresultaten zu gelangen, welche auf
diese Art zwischen zwei Werthextremen bestimmt worden sind.
(Vergl. A. Taylor, The geol. difficulties of the Age-Theory. 1858.)

In dieser Hinsicht sind wir weit entfernt von der Schule,
welche uns glauben machen möchte, dass die Naturkräfte auf
unserer Erde nicht nur immer dieselben, aber auch ihre Wirkun-
gen immer dieselben waren. Man braucht nur dazu der Natur
die gehörige Zeit zu gönnen, sagen unsere Gegner. Mit dieser
Ausrede ist aber wenig geholfen, denn es convergiren zugleich,
nach den geologischen Zeiten, mehrere wichtige Nebenumstände,
um zu verschiedenen Perioden, durch dieselben Naturkräfte,
relativ gänzlich verschiedene Resultate zu erwirken. So z. B.
der Abkühlungsprocess der Erde, welcher auch auf den Erd-
magnetismus und Chemismus der Erde, sowie auf das Organische
der letzteren einen grossen Einfluss haben musste. Dann die
Menge der Gewässer zu verschiedenen Zeiten, die Grösse der
Flächen-Neigungen unserer Erdoberfläche, sowie auch die sehr
verschiedenen Bewegungen des Meeres und Hebungen der Continente zu allen geologischen Zeiten.

Eine andere Unsicherheit in den bis jetzt vorgeschlagenen
chronologisch-geologischen Bestimmungen besteht in den meisten
Fällen in der Abwesenheit der Berechnungsmethoden, so dass
eine Controlle da unmöglich wird und man den Autoren auf ihr
Wort allein glauben muss, was nur oft dann den ehemaligen sogenannten Erdtheorien sich anreiht.

Die erste dieser chronologischen approximativen Daten war
lange Jahrhunderte die sogenannte Zeitrechnung der Welt-
erschaffung auf über 6000 Jahre angenommen. Dieses biblische
Thema ist dann von sehr verschiedenen Schriftstellern vielmals
variirt worden, welche sowohl dem geistlichen als dem Gelehrten-
stande angehörten. Noch in unsern Zeiten, vor 50 Jahren, glaubte
ein Cuvier solche Mährchen durch wissenschaftliche Beobachtungen bekräftigen zu müssen, und die ganze Schaar seiner un-
kritischen Anbeter folgten ihm ohne Widerrede. Aus dieser Zeit
der Vermengung der biblischen Orthodoxie mit der wahren Re-
ligion sind wir schon ziemlich lange glücklich heraus, so dass es
kaum der Mühe werth ist nachzuschreiben, was manche Autorität

in der Wissenschaft gegen diese falsche Annahme ganz genau und selbst historisch begründet hat [1].

Marcel de Serres, Discours sur les différences des dates données par les monuments et les traditions historiq. Toulouse 1835. 8°. — Forichon, Examen des questions scientifiques de l'age du monde de la pluralité de l'espèce humaine etc. par rapport aux croyances chretiennes. Moulins 1837. 8°. — Mosaische Chronologie (Geologist. 1861. B. 4, S. 306). — Kritik der chronologischen Bestimmungen durch Archäologen (Quart. Rev. Edinb. 1870, April. Ausland 1870, S. 474—478). — Die Geologie und die Geschichte (Deutsch. Vierteljahresschrift 1847, Nr. 39, S. 220—233). — G. Rob Vine, Die historischen und geologischen Zeiten (Geol. u. nat. hist. Repertory, 1865. B. 1, S. 80—81). — Über die Zeitrechnungen der dänischen Archäologen ist eine Note im Ausland, 1870, Nr. 20.

Die verschiedenartigsten Beobachtungen sind benützt worden, um die Erdbildungs-Chronogie bestimmen zu können.

Zwei Gelehrte, die Herren Jobert und Parrot, haben die Abwechslung vieler dünnen Gebirgsschichten zur chronologischen Bestimmung gewisser Formationen gebraucht und selbst in den verschiedenen mineralogischen Charakteren der Lager Anzeigen von Gebilden während verschiedener Jahreszeiten wieder finden wollen. Sie haben besonders die tertiären Durchschnitte der Pariser Formation oberhalb dem Gipsum im Auge gehabt. (Jobert, Ann. Sc. nat. 1829, B. 18; Ferussac's Bull. 1829, B. 19, S. 8; 1830, B. 21, S. 375—379. — Ann. dell Sc. regno lomb. veneto, 1831, S. 246. — Parrot, Ann. d. Sc. d'obs. de Saigey, 1829, B. 2, S. 182—392 — Jahrb. f. Min. 1830. S. 341). — Zu einer numerischen Chronologie sind aber diese Gelehrten nicht gekommen.

---

[1] Das vermeinte Alter der indischen und chinesischen Astronomie ist zu der biblischen Chronologie durch folgende Gelehrte zurückgeführt, namentlich durch De la Place, Ivory, Delambre, Deluc, Kirwan, Werner, Buckland und eine Menge Geistliche. Siehe Parrat Les 36000 Ans de Manethon suivis d'un tableau des Concordances synchroniques. Porentruy 1855. 8°. Noack lässt die egyptische Geschichte 2612 - 2614 vor Chr. G. anfangen, Lepsius aber 3892 vor Chr. Geb. (Ausland 1870, S. 452—453.)

Die meisten Geologen haben die Bildung des jetzigen Alluviums zur geologischen Chronologie benützt, andere aber haben die Abnahme der Gebirge dazu ins Auge genommen.

Herr Behm veröffentlichte eine Abhandlung über die Möglichkeit, für die geologischen Phänomene ihre numerische Bildungszeit zu ermitteln. Er stützt sich besonders auf Versuche über die Zersetzung der Felsarten. (Gaea, Natur und Leben 1867, Heft 6, Abth. 2.) — Dr. Arnold Escher nimmt an, dass in 10.000 Jahren die Bergspitzen um Zürich ungefähr 1 Meter in ihrer Höhe verloren haben werden. (Die Wasserverhältnisse der Stadt Zürich 1871. Mitth. d. geogr. Ges. Wien 1870, S. 135.) Einige haben die Abnützung von Felsen oder steilen Flussufern als Chronometer annehmen wollen. So z. B. Hr. de Ferry, welchem das Ufer der Saone dazu diente. (Mater. pr. l'hist. posit. et philos. de l'homme. Mortillet 1867, S. 399—401; 1868, S. 39.) Dr. Lauder Lindsay hat das Wachsthum des Lichens als Kriterium, wenigstens für das Alter der vorhistorischen Zeit vorgeschlagen. (Brit. Assoc. Dundee 1867.)

Etwas rationeller hat Hr. Tasche über die Zeit im allgemeinen, welche die Felsarten zu ihrer Bildung brauchten, vorgetragen. (Berggeist 1861, Nr. 10.) Ältere, theilweise sonderbare Meinungen findet man in Schriften, wie z. B. in einer von J. F. S. in den Berl. Woch. Relat. d. merkwürdigst. Sachen a. d. Reiche d. Natur, d. Staat. u. d. Wiss. f. 1752, 22. Woche, S. 345—348.

Aus dem Alter gewisser Erzgruben haben auch Einige chronologische Schlüsse ziehen wollen, aber Nöggerath hat hinlänglich bewiesen, dass über das Alter jener Bergwerke wie die auf der Insel Elba, manche Gelehrte, selbst Cuvier und Fortin d'Urban sich sehr geirrt haben. (Deutsche Übers. von Cuvier's Umwälzung der Erde durch Nöggerath. 2. Aufl. B. 2, S. 228.)

Bischof, Helmholtz und besonders Samuel Haughton haben die chronologischen Erdbildungen aus der Abkühlung einer glühenden Basaltkugel von der Erdgrösse herleiten wollen. Hat die Erde, wie Bischof und Helmholtz es behaupten, 350 Millionen Jahre gebraucht, um von der Temperatur von 2000° C. auf eine von 200° C. herunter zu gehen, so würden 1.280,000.000 Jahre nöthig gewesen sein, die Erdtemperatur auf

77° F. herunter zu bringen. Diese letztere Temperatur erlaubt namentlich das organische Leben, denn bei 122° F. verdichtet sich das Albumen und kein thierisches Leben ist möglich. 1018 Millionen Jahre wären verflossen, während die Erde sich von 212° F. bis 122° F. abkühlte und auf diese Weise wurden ihre Wässer bewohnbar. Haughton nimmt an, dass die erste Abkühlungsperiode kürzer als die zweite war. Bestände die Erde ganz aus Basalt, so hätte sie 1280 Millionen Jahre für ihre Abkühlung gebraucht. Nach Haughton war die Temperatur in der Miocänzeit in der Schweiz 72° F., und während der Bildung des Eocän, ein Zeitraum von 1280 Millionen Jahren, verminderte sich die Temperatur Englands von 122° F. auf 72—77° F. (Geol. Soc. Dublin 1864, 13. Jan. Quart. J. of Sc. L. 1864, B. 1, S. 325—326. N. Jahrb. f. Min. 1864, S. 521. Reader 1864, Febr., Geol. Mag. 1864, B. 1, S. 178.)

Zu den ersten localen chronologischen Versuchen in der Geologie gehört die Bestimmung des Alters des Nil-Delta's. Zur Zeit der französischen Expedition nach Egypten glaubte Girard, dass der Boden daselbst in 100 Jahrhunderten 126 Millimeter oder in 4800 Jahren um 6 Meter sich erhöht hätte. Alle egyptischen Monumente gehen nach ihm nur 3000 Jahre vor Christus zurück. (Ac. Sc. P. 1817, 7. Juli. Ann. de Ch. et Phys. 1818. B. 5, S. 324—329. Quart. J. of Sc. 1867, B. 4, S. 98. Isis 1818, S. 770.) Shaw schätzte den Schlammabsatz zu 13″ in einem Jahrhundert. Reinaud widerlegte Cuvier wegen der Lage Damiette's, so dass die Gedanken des letzteren über das Nil-Alluvium keinen Werth haben. (Ferussac's Bull. univ. Sc. nat. 1830, B. 20, S. 193. Jahrb. f. Min. 1831, S. 113.) Letronne nahm wieder die Schätzung Girard's auf, und wollte daraus Schlüsse ziehen. (J. gén. de l'Instruct. publiq. 1833, S. 288 u. 293. Bull. Soc. geol. Fr. 1834, B. 5, S. 383.)

Lepsius war damit nicht einverstanden und glaubte, dass seit 4000 Jahren das Nilbett in Nubien 27′ von seiner Höhe verloren hätte. (Monatsber. Preuss. Berl. Akad. 1845, S. 373—379. N. Jahrb. f. Min. 1846, S. 374—375.) J. Gardner Wilkinson schätzte die Einsenkung des Nilbettes in 17 Jahrhunderten zu 1 Met. 54, 2 Met. 27 u. 2 M. 92. (J. Lond. geogr. Soc. L. 1840, B. 9, S. 431. Edinb. n. phil. J. 1840, Bd. 28, S. 211—224. 2 Taf.

Ausland 1850. S. 7.) Er glaubt, dass 1700 vor Chr. Geb. Felsen-Partien als ehemalige Flussdämme sich versenkt haben, denn egyptische Inschriften befinden sich zu Lamneh, 28. F. über der höchsten Überschwemmungsfluth im Jahre 1848. Leonhard H o r n e r hat Hrn. W i l k i n s o n ebenso wie L e p s i u s widerlegt.

Nach den Bohrungen im Alluvium von Cairo nahm H o r n e r an, dass diese Formation 13.375 Jahre vor Chr. G. anfing. (Lond. phil. Trans. 1858, B. 148, S. 53—92, Edinb. n. phil. J. 1858. N. F. B. 7, S. 328.) John L u b b o c k hat eine Kritik darüber im Reader 1864 und Ausland 1864, S. 430 veröffentlicht. Er behauptet, dass der Nil alle Jahrhunderte $3\frac{1}{2}$ Zoll Schlamm auf dem Delta absetzte, darum steht das Standbild des Königs Rhamses II. 10 Schuh $6\frac{3}{4}$ Zoll im Schlamme, und da derselbe nach L e p s i u s vom Jahre 1394—1428 vor Chr. lebte, so gebe diese Thatsache dem Delta ein Alter von 3215 Jahren. Man muss aber berücksichtigen, dass im Anfange durch die grössere Neigung des Flussbettes der Nil in jedem Jahrhundert 5 Zoll Schlamm absetzte und nur später dieses Quantum auf $3\frac{1}{4}$ Zoll sich verminderte. Dieses kann man aus einem 60 Fuss tiefen Brunnen schliessen, da in 27 Fuss Tiefe schon Thongeschirr-Fragmente sich vorfanden und ausserdem die Rhamses-Bildsäule 12 Schuh unter dem Schlamme steckt, so dass der Anfang der Nil-Delta-Bildung nicht von 3215 Jahren, sondern von 11.646 Jahren vor Chr. her datirt.

S h a r p e bemerkt, dass H o r n e r die Arbeiten vergessen hat, welche während 2000 Jahren aufgeführt worden sind, um Memphis gegen die Überschwemmungen zu schützen, darum muss das Alluvium sich 4mal schneller gebildet haben als H o r n e r es glaubt. (Soc. Syrio-egypt. L. 1859, 8. März. Ausland 1859, S. 360.)

In den Vereinigten Staaten haben mehrere Geologen die Zeit bestimmen wollen, welche der M i s s i s s i p p i gebraucht hat, um sein ungeheures Delta von 13.000 englischen Quadratmeilen zu bilden. L y e l l nimmt an, dass die mittlere Tiefe der Wässer im mexicanischen Meerbusen zwischen B e l i z e und der Spitze Florida's 600 engl. Fuss beträgt, und dass das Alluvium des Delta's noch tiefer wäre. Der Fluss führt jährlich 3,702.400 Cubikfuss feste Stoffe herunter, so dass 6700 oder selbst 9050 Jahre nothwendig wären, um ein Alluvium von 528 Schuh Mächtigkeit zu bilden. Nimmt man die Thalausfüllung oberhalb zu 264 Fuss oder halb so hoch und ihre Fläche nur ebenso gross als die des Delta's an, so hat dieselbe 33.500 Jahre zu ihrer Bildung nöthig gehabt, so dass man 100.000 Jahre für das Ganze vorschlagen kann. Hat das Treibholz diese Anschwemmungen etwas befördert, so wurde dieser Betrag durch den Verlust compensirt, welcher durch die weitere Fortführung der feinen Erdtheile in den Golf von Mexico stattgefunden hat. (Brit. Assoc. 1846. Americ. J. of Sc. 1847, B. 3, S. 34—39 u. 118—119. N. Jahrb. f. Min. 1848, S. 724. Travels in North-America in 1851. Principles of Geology 1847, 7. Ausg. B. 1, S. 216.)

Herr A. Taylor berechnete vermittelst des fortgeführten Schlammquantums des Mississippi, dass dieser Fluss im Meere 10.000 Jahren ein 3zölliges Sediment bilden musste, indem die Landesoberfläche in 9000 Jahren um 1 Fuss in der Höhe abgenommen hätte. Er setzte hinzu, dass im Gangesbecken der letztere Verlust schon in einem Zeitraum von 1791 Jahren stattfindet. (Quart. J. geol. Soc. L. 1853. B. 9, S. 47. Phil. Mag. 1853, 4. F. B. 5, S. 258. Bibl. univ. Genèv. Archiv 1853, 4. F. B. 24, S. 90.) Die Herren J. C. Nott und G. R. Gliddon glaubten 150.000 Jahre für die Bildung des Alluviums des Mississippi aunehmen zu müssen, weil die vergrabenen Cypressenwälder zu diesem Resultate führten. (On the types of Mankind, 1854, Edinb. n. phil. J. 1854, B. 57, S. 373.) Dickeson und Brown fanden auch, dass die Holzringe der vergrabenen *Taxodium distichum* Rich. auf 5700 Jahre deuten, aber über dieser Schicht liegt eine andere mit grünen Eichen, welche 1500 Jahre geben. Jeder dieser Wälder dauerte 11.400 Jahre, sie versanken und neue entstanden, und diese Abwechslung fand 10mal statt, welche jede 14.400 Jahre zu ihrer Bildung brauchte, so dass die ganze Deltaablagerung $11 \times 14.000 = 158.400$ Jahre Zeit eingenommen hätte. (Americ. Assoc. Philadelph. 1848, Amer. J. of Sc. 1848. N. F. B. 6, S. 395. Edinb. n. phil. J. 1854, B. 58, S. 374—375. Bibl. univ. Genève 1859. N. Pér. B. 4, S. 236—238 adn.)

Hopkins nahm 60.000 Jahre für die Bildung dieses Delta's an. (Geologist 1858, B. 1, S. 514.) Thomassy hat im J. 1861 behauptet, dass das Mississippi-Delta jährlich 101 Meter vorrückte, so dass nicht 67.000 sondern nur 10—12.000 Jahre zu

seiner Bildung nöthig gewesen wären. (Bibl. univ. Genève 1861,
B. 10, S. 317.)

Im Jahre 1870 hat E. W. Hilgard diese Frage wieder in
einer Geologie des Delta's erörtert und hat Unterschiede zwischen
dem Alluvium des oberen und des unteren Theiles des Delta gemacht. (Amer. Assoc. Troy 1870, Nr. 37.)

Über viele andere Delta, wie z. B. über die des Irawaddy,
des Ganges, des Indus, des Euphrates, des Amazonen-Flusses,
der zwei grössten chinesischen Flüsse, des Orinoco, der Wolga,
der Donau, des Po, der Rhône, des Humber, der Aar, des Kander
u. s. w. hatte man wohl viele Beobachtungen über die Ausdeh-
nung, Art der Schlamm- und Geröllablagerung und die Quantität
letzterer gemacht, aber über den Zeitraum dieser Bildungen
haben sich die Gelehrten nicht ausgesprochen, obgleich sie
einige archäologische Bemerkungen über Positionsveränderungen
an gewissen Localitäten gegeben haben.

Sir Charles Lyell urtheilte nach dem Alter der Delta des
Ganges und des Mississippi, da das erste 375.000 Jahre und
das zweite 2,000.000 Jahre für seine Bildung brauchte, dass die
Steinkohlenlager des South Joggins in Neu-Schottland nur in
dem Zeitraume von 375000 Jahre gebildet worden sein konnten.
(Proc. Roy. Soc. Gr. Brit. 1853, 18. März. Amer. J. of Sc. 1853. N.
F. B. 16, S. 38—41. Edinb. n. phil. J. 1853, B. 55, S. 222—225.)

Über die geologischen Zeiträume haben besonders
R. Owen (Brit. Assoc. 1838. Amer. J. of Sc. 1858. N. F. B. 26,
S. 421—423), Dana (dass.), H. F. A. Pratt (The Genealogy
of Creation, L. 1861, Athenäeum 1861, S. 860), D. Page (The
past. and present Life of the Globe 1861), G. H. Morton (Abstr.
Proc. Liverpool Geol. Soc. 1864—65, 1865, S. 5), Lyell, Wallace, Phillips und Jenkins geschrieben.

Frau Mary Sommerville glaubt die Mächtigkeit der paläozoischen, secundären und tertiären Schichten auf
7—8 engl. Meilen bestimmen zu können, welche 39,600.000 Jahre
für ihre Bildung gebraucht hätten, während zu jener der ganzen
Erdkruste ein 4mal grösserer Zeitraum nöthig gewesen wäre.
(Physical Geography, 1848, B. 1.)

Phillips hat die Zeiten verglichen, welche für die Bildung
der verschiedenen geschichteten Formationen nothwendig waren.

(Quart. J. geol. Soc. L. 1860, B. 16, S. 1. Delesse Revue f. 1860, S. 21—22.) Er nimmt 960,000.000 Jahre für die Bildung aller jener Gebilde an.

Wallace, so wie Sir Charles Lyell haben die Zeiten der verschiedenen geologischen Perioden auf folgende Weise bestimmt, namentlich erstens für das Paläozoische 10 Millionen Jahre mit einer Mächtigkeit von 57.124 Fuss, so dass jährlich 175 Schub sich bildeten; zweitens für das Mesozoische 8 Mill. Jahre mit einer Mächtigkeit von 23.190 Fuss, so dass jährlich 345 Schuh abgesetzt wurden; drittens für das Cainozoische oder Tertiäre 6 Mill. Jahre mit einer Mächtigkeit von 2240 Fuss (wenigstens in England), so dass jährlich 2678 Schuh Sedimente sich bildeten. (Quart. J. geol. Soc. L. 1870, B. 7, S. 329—330.)

James Dana gibt in seinem Manual of Geology, 1863, S. 386, 493 und 568 der silurischen Bildung $6^{1}/_{4}$ Tausend bis 7000,000.000 Jahre; der devonischen und kohlenführenden, jeder 2000,000.000 Jahre; der mesozoischen 1000,000.000 Jahre, und der tertiären 500,000.000 Jahre. Auf diese Weise bekäme man für diese fünf Zeitperioden die Proportion von 14:4:2:1. Aber nach d'Orbigny würde das Paläozoische, Mesozoische und Tertiäre die Proportion von 4:2:1 geben. Dana glaubt, dass 1 Schuh Kalkstein eben so viel Bildungszeit als 5 Schuh Sediment erfordert, darum nimmt er für die 3400 Fuss (1000 Fuss Kalkstein) mächtige deutsche Trias 7400 Jahre, für den 5200 F. (1000 F. Kalkstein) mächtigen deutschen Jura 9200 Jahre, für die 2400 Fuss (1200 F. Kalkstein) mächtige deutsche Kreide 7200 Jahre, was die Proportion von $1:1^{1}/_{4}:1$ gibt.

Jenkins hat sich auch mit der Bestimmung der Zeit der geologischen Perioden neuerdings beschäftigt und hat damit das Paläontologische vereinigt.

Im Tertiären Englands mit 2240 Fuss Mächtigkeit gibt es 1222 Thierarten, sodann für alle 1000 F. 545 Species. Anderswo in England mit derselben Mächtigkeit gibt es darin 1500 Fossilien-Arten, so dass alle 1000 F. 670 Species auftreten. Im Secundären mit 23190 F. Mächtigkeit rechnete er 2170 Fossilien-Gattungen oder 164 für je 1000 Fuss, anderswo aber 4000 Species oder 173 für je 1000 Fuss. Im Paläozoischen mit 57154 F. Mächtigkeit

nimmt er 2729 Fossilien-Species an oder 41—47 für je 1000 F.,
anderswo aber selbst 3500 Species oder 61 für je 1000 Fuss.
In andern Ländern besitzt das Tertiäre mit 10.000 F. Mächtigkeit
15.138 Fossilien-Gattungen oder 1513 für je 1000 Fuss, das
Secundäre mit 20.000 Fuss Mächtigkeit 10.879 Fossilien-Species
oder 453 für je 1000 F.; das Paläozoische mit 60.000 F. Mächtigkeit 6681 Fossilien-Species oder 111 für jede 1000 F. Lyell
schätzt die nothwendige Zeit, um die Fauna der paläozoischen
Periode in diejenige der secundären zu umformen, auf 240 Millionen Jahre. Diese Veränderung der Species hat in den jüngeren
geschwinder als in den alten Zeiten stattgefunden. (Quart. J. of
Sc. 1869—70. Ausland 1870, S. 884—886.)

H. Barrande hat ähnliche Beobachtnngen, besonders über
die Zahl der Gattungen in den verschiedenen silurischen und
cambrischen Abtheilungen gemacht (für Trilobiten: N. J.
f. Min. 1852, S. 257—266. Bull. Soc. geol. Fr. 1853. B. 10, S. 420,
Distribut. des Céphalopodes dans les contrées siluriennes de
Bohème, 1870 u. s. w.).

Der Prinz zu Schönaich-Carolath schätzt auf 15.000 Jahre
die Bildung der 5000 Fuss mächtigen Salzbildung zu Stassfurt. Die Anhydrit-Lager sollen darin jedes eine Jahreszeit an-
deuten. (Zeitschr. deutsch. geol. Ges. 1864, April. Die Steinsalz-
werke bei Stassfurt, von Bischof. 1864. S. 17.)

Sir Charles Lyell nimmt einen Zeitraum von 24.000 Jahren
in Anspruch, um die posttertiären marinen Sedimente
Norwegens zu ihrer höchten Höhe von 600 Fuss zu bringen;
da kämen $2\frac{1}{2}$ F. auf jedes Jahrhundert. (Geol. evidence of the
Antiquity of Mankind. 1863. 2. Aufl., S. 58.)

Nach Fauverge würde die scheinbare Unveränderlichkeit
des Sonnensystems auf einen ungeheuren Zeitraum für die Dilu-
vial-Periode deuten. (Bull. Soc. geol. Fr. 1841. B. 12, S. 310.)

A. Tyrol. berechnete die zwischen der Bildung der ersteren
und oberen Kiesellager der Thäler eines Theiles Englands und
Frankreichs. verflossene Zeit. (Geol. Soc. L. 1866, 25. April
Geol. Mag. 1866. B. 3, S. 263.)

Oswald Heer berechnete auf 6000 Jahre die Eisbildungs-
zeit der Diluvialkohlen zu Utznach. (Die Schieferkohlen von
Utznach, 1858. N. Jahrb. f. Min. 1859, S. 347 u. 349.)

James Croll schätzte das Alter der Glacial-Periode auf 240.000 bis auf nur 80.000 Jahre. (Edinb. geol. Soc. 1867, Juni. Geol. Mag. 1867. B. 4, S. 172.) [1]

Dr. C. Andrews sieht in den Seen Nord-Amerika's Chronometer für die Zeiten der Eisperiode. (Amer. J. of Sc. 1870, N. F. B. 50, S. 424.)

James Croll gab eine Schrift heraus: On geological Time and the probable date of the glacial and upper miocene Period. L. 1868. (Phil. Mag. 1868, N. F. B. 36, S. 141—154, 362—386.)

Croll unterscheidet drei Perioden, wo die Excentricität der Erdbahn ihren grössten Werth erreichte. Die erste Periode dauerte von 2,630.000—2,460.000 Jahre, die zweite von 2,980.000 bis 7,200.000 Jahre und die dritte, die Eiszeit, von 80.000 bis 2,400.000 Jahre. Er unterscheidet drei Eiszeiten, namentlich eine zur Eocänzeit, die zweite zur Zeit des oberen Miocän, und die dritte, die eigentliche Alluvial-Eiszeit. (Quart. J. of Sc. 1869, B. 6, S. 117—119.) Von dem Anfange dieser letzteren bis zur Eiszeit des oberen Miocän sind 480.000 Jahre verflossen, und 80 Fuss der Erdoberfläche wurden zerstört, nämlich 1 Fuss Erdboden in 6000 Jahren. Von dem Ende der Eiszeit während der mittleren Eocän-Periode bis zu dem Anfange der Miocän-Eiszeit verflossen 1,480.000 Jahre; 247 Fuss auf der Erdoberfläche wurden weggeschwemmt. Von dem Ende der Miocän-Eiszeit bis nach dieser letzteren wurde die Erdoberfläche 120 Fuss in ihrer Mächtigkeit vermindert, und seit der Eocän-Eiszeit im Werthe von 410 Fuss.

Peacock hat diese theilweise sehr hypothetische Auseinandersetzung kritisirt. (Phil. Mag. 1869, 4. F. B. 37, S. 206—208.)

Von Bruchhausen bildet sich ein, dass die nördliche Hemisphäre 10.500 Jahre unter Wasser und Eis gestanden ist und dass, seitdem sie trocken gelegt wurden, andere 10.500 Jahre verflossen. Nach Lagern von Torf von 30—50 Fuss Mächtigkeit auf Sedimenten mit bearbeiteten Kieselsteinen, steinernen Waffen, glaubt er ganz hypothetisch annehmen zu müssen, dass diese letzten Ablagerungen wenigstens 20.000 Jahre vor Noah's Sündfluth stattfanden. (N. Jahrb. f. Min. 1852, S. 598—600.)

---

[1] Vergl. J. Scott-Moore, Preglacial Mass a geological Chronology. L. 1868. (Athenaeum 1869 S. 340.)

Lyell nimmt an, dass der Niagara-Fall alle Jahre um einen Fuss im Durchschnitt zurückgeht, so dass von Queenstown bis zu seinem jetzigen Platz der Wasserfall 35.000 Jahre gebraucht hätte, (Travels in America, 1845, S. 20—29. Bibl. univ. Genève 1845. N. F. B. 59, S. 138—141.) Im Cosmos vom J. 1866 liest man, dass der Niagara-Fall jährlich 10—12 Zoll zurückgeht. (2 F. B. 4, S. 214.)

Desor hat berechnet, dass der Werth des Zurückgehens der Niagara-Fälle näher an 3 Fuss in einem Jahrhundert als an 3 Zoll in einem Jahre ist. Auf diese Art geben die 6 Meilen des zurückgegangenen Falles 310.000 Jahre für diese Zerstörung. Wäre der Werth des jährlichen Zurückgehens des Falles nur 1 Zoll oder $8^1/_2$ Zoll in einem Jahrhundert, so würden seit dem Anfange dieser Erdoberflächeveränderung schon 380.000 Jahre verflossen sein. (Dana's Manual of Geology 1863, S. 590—592.) Dana möchte selbst 380.000 Jahre für die Veränderung des Platzes des Niagara-Falles zugeben.

J. Clifton Ward aber nimmt nur 60.000 Jahre für den Zeitraum des Zurückgehens des Niagara-Falles und 50.000 Jahre für die Zeit, wo das ehemalige Ufer des Champlain-See's vorhanden war, an. (Geol. Mag. 1869, B. 6, S. 8—13.)

Dana meint, dass die Erosion oder, besser gesagt, die Bildung der engen Canäle oder sogenannten Canons des Colorado, obgleich theilweise in Granit, doch nicht so viel Zeit als das Zurückgehen der Niagara-Fälle gebraucht hat. Diese Aushöhlung fand wahrscheinlich nach dem Ende der mesozoischen Zeit statt.

Ein Herr Pigeon meinte, nach den Dünen der Gascogne, dass die Sündfluth vor 4200 Jahren stattfand, weil die tiefste Düne aus jener Zeit herstammt. (Ann. des Mines 1849, B. 16, S. 286.) [1] Herr Laurin hat über die verschiedenen Chronologien der Sündfluth geschrieben. (Edinb. n. phil. J. 1838, B. 19, S. 311.)

Der selige Morlot hat geglaubt, in der conischen Ablagerungsmasse des Baches La Tinière im Pays de Vaud eine chronologische Scala für die drei Perioden des Steines, des Bronzes und des Eisens gefunden zu haben, weil dieses Alluvium Überbleibsel dieser verschiedenen geologischen Zeiten

---

[1] Siehe Winning, Essays on the Antediluvian Age S. 1834. 8.

enthält. Er schätzte danach die Dauer der Steinperiode auf 64 bis 70 Jahrhunderte, diejenige der Bronzezeit auf 380 Jahre, das Mittel zwischen 29 und 42 Jahrhunderten, und die Zeit des Eisens oder jetzige Zeit auf 100 Jahrhunderte oder zwischen 740 und 110 Jahrhunderten. (Bull. Soc. Vaud. Sc. nat. Lausanne 1860, Nr. 46; 1862, 15. Jan. Bibl. univ. Genève 1862, B. 13, S. 308—313. Une date de Chronologie absolue en Géologie. Lausanne, 1862. 8.)

V. Gillieron beschränkte auf 67½ Jahrhundert die Steinzeit zwischen den Seen von Neuburg und Bienne. (Act. Soc. jurass. d'émulat. 1860. Ass. helvétiq. 1861. Bibl. univ. Genève 1861. B. 12. S. 32—33.)

Phillips schätze die Zeit der Bildung der neueren conischen Alluvialmasse des Baches La Tinière auf 10.000 Jahre und diejenige der Bildung des ganzen Alluviums dieses Wassers auf 100000 Jahre, eine Zeit, die derjenigen gleicht, welche seit der Eiszeit verfloss. (Rep. Brit. Assoc. 1864, Geol. Sect. S. 64; Geol. Mag. 1864, B. 1, S. 227—228.)

Lubbock hat das Zeitalter des ersten Menschen wenigstens auf 364.000 Jahre vor der Eiszeit zurückgerückt. (Brit. Assoc. Dundee 1867. Ausland 1868, S. 467—469.) Aber Dr. Usher aus Mobile rechnet für dieses nur 57.600 Jahre, und nach Morlot wären seit der Steinzeit nur 5—7000 Jahre vergangen.

Lisch und nach ihm Franz Maurer glauben, dass die Troglodyten-Menschen im Erdboden oder in Höhlen in Mecklenburg vor 5—10.000 Jahren gelebt haben. Die Localitäten dafür waren der kleine Teufel- und Ziethen-See bei Köpenick.

Laspeyres behauptete, dass die salzigen Quellen zu Kreuznach und Durkheim am Hardt schon zur Zeit des Oligocän vorhanden waren, aber doch später als die Bildung des mittleren Oligocän. (Zeitschr. deutsch. geol. Ges. 1868, B. 20, S. 197—201.)

Deville schätzt das Alter des durch die Eruption einer sogenannten Salse oder eines Luftvulkans gebildeten Asphalt-Sees zu Brèe auf der Insel Trinidad nur auf 1300 Jahre. (Soc. Philom. P. 1841, 21. Juni. L'Institut 1841. S. 232. D'Archiac, Hist. Progrès Géol. 1847, B. 1, S. 420.)

Man hat Schätzungen über das Alter des isländischen Geysers nach den kieseligen Absätzen der Röhren angestellt, und hat ihnen nur ein Alter von 1036 Jahren geben wollen. Vor 936 wurde dieses Naturwunders keine Erwähnung gemacht, weil die Röhren damals nur 3 Zoll Tiefe hatten. Im Jahre 1372 war ihre Tiefe 26 Zoll.

Holme hat nach der Zahl der Rinden der kalkigen Stalagmiten einer Grotte auf den bermudischen Inseln geurtheilt, dass 60000 Jahre nothwendig waren um sie hervorzubringen. (Proc. roy. Soc. Edinb. 1866. L'Institut 1866, S. 144.)

Fr. Unger glaubte, dass gewisse Kalktuffe von neuerer Zeit, wenigstens nach der Art der jetzigen Ablagerung zu urtheilen, nur 3000—5960 Jahre zu ihrer Bildung gebraucht haben. (Sitzb. d. k. Ak. d. Wiss. Wien 1861, B. 34. Th. 2, S. 514—516.)

Steen-Bille hat 1000 Jahre für die Bildung des Guano ausgesprochen.

Leduc hat sich mit dem Alter gewisser Coralleninseln beschäftigt. Die Insel Galega wird einmal ein Vorgebirge der Insel Saya de Mulha werden, welches dann die Insel Amirantés und die Insel St. Bremdon vereinigen wird: Nach dem Fortschritte der Korallenbildungs-Vergrösserung während 25 Jahren zu urtheilen, werden 600 Jahre verstreichen, um 240 Klft. festen Erdboden aufzubauen und diesen 10 Klafter über das Meeresniveau zu erheben. Die Zeit der Entstehung eines Cocowaldes auf demselben wird auch nicht weit von dem oben angegebenen Zeitraum entfernt sein. (Bibl. univ. Genève, 1841, N. F., B. 33, S. 168—170.)

L. Agassiz hat im Gegentheil das Alter eines Korallenriffes an der Küste Florida's auf 25.000 Jahre bestimmt, welche eine Tiefe von 12 Faden hat, und die vier halbzirkelförmigen Korallenriffe an der südlichen Spitze Florida's hätten nach ihm 100.000 Jahre zu ihrer Bildung gebraucht. (N. Jahrb. f. Min. 1860, S. 216.)

Capitän Hunt möchte 864.000 Jahre für die Bildung der Korallenriffe Florida's annehmen, deren Thiere noch leben, und 5,400.000 Jahre für diejenige der Florida-Korallenriffe auf der Tortugas-Bank. (Amer. J. of Sc. 1863. Ausland 1863, S. 744.)

J. Clifton Ward unterscheidet in den Korallenriffen Florida's zehn übereinander liegende Lager, welche für den unteren Theil einen Zeitraum von 70.000 Jahren zur Bildung beanspruchten, während der obere Theil nur 7000 Jahre alt wäre, oder nach dem

Ende der Eiszeit abgesetzt wurde. Zu Moel Tryfaen schätzt er die Bildung der 1400 Fuss hohen Eiszeitablagerung auf 70.000 Jahre. (Geol. Mag. 1869, B. 6, S. 8—13.)

Dana nimmt an, dass die Korallenriffe $1/_8$ Zoll jährlich in die Höhe wachsen, so dass für eine Mächtigkeit wie die der Floriden zu 2000 Fuss 192.000 Jahre nöthig gewesen sind. (Manual of Geology, 1863, S. 592.)

Charles Darwin nimmt 300 Mill. Jahre in Anspruch, um sich die Erosion des Weald Englands zwischen North- und South-Downs zu erklären, aber Inkes meint, dass dieser Zeitraum wahrscheinlich 10mal länger war, wähend Philipps wieder die Dauer von 300.000 Jahren genügend findet.

Herr Van der Wyck glaubt, dass die Meerenge von Calais nur 400 Jahre vor Christi Geburt geöffnet wurde. Die Ursache wäre eine cimbrische Sündfluth gewesen, welche zu gleicher Zeit den Rheinausfluss verstopft und geändert hätte. (N. Jahrb. f. Min. 1834, S. 245—277.) Wenn man die zwei Thatsachen zusammenfasst, nämlich die deutlichsten Spuren der Niveausenkung aller Oceane, sowie die Erhebung so vieler jetzigen Continente über das Meeresniveau, so kommt man zu der Vermuthung, dass diese zwei Umformungen der Erdoberfläche in einem innigen Zusammenhange stehen. Man kann verschiedener Meinung sein über die plötzliche oder langsame Art dieser zwei Erdoberflächeveränderungen, aber gibt man Hebungen von Erdtheilen zu, so konnten solche dynamische Bewegungen nicht ohne gleichzeitige Spaltenbildung geschehen; darum wäre nach unserer Meinung der erste Anlass zu dem grossen tiefen Thale zwischen England und Frankreich eine der Continentalhebungen Europa's gewesen, und diese Spalte später erweitert, oder vielleicht, wenn man es lieber möchte, bei Calais am spätesten gänzlich geöffnet worden sein.

Nach den bis jetzt gesammelten numerischen Werthen der Chronologie verschiedener Formationen haben dann Geologen wie Huxley das Alter unseres Erdballes im ganzen bestimmen wollen. Nähme man für die Mächtigkeit der Erdkruste 100.000 Fuss an, welche nach Lyell in 100 Mill. Jahren (oder $1/_{1000}$ bis $1/_{83}$ für jedes Jahr) gebildet worden wäre, so hätte unsere Erde ein Alter von 100—158 Mill. Jahren. Wären es aber 200 Mill.

Jahre, so betrüge der jährliche Zuwachs der Erdkruste nur $^1/_{166}$, und wären es 400 Mill. Jahre, nur $^1/_{332}$.[1] Nach der zur Abkühlung einer erhitzten Basaltkugel nöthigen Zeit zu urtheilen, hätte die Erde nur ein Alter von 305 Millionen Jahren (1871).

Elie de Beaumont schätzt das Erdalter auf 350 Millionen Jahre. (Edinb. n. phil. J. 1854, B. 57, S. 182.) Doch sind seine Ansichten über geologische Chronologie sehr nüchtern, denn er charakterisirt die Zeiträume der geologischen Perioden als unberechenbar. (Leçons de géologie, B. 1. Quart. J. geol. Soc. L. 1847, B. 3, S. xxxv.)

Herr Will. Thomson nimmt für die Schmelzung aller Felsarten eine Temperatur von 7000° F. an und berechnet nach Fourier's Axiom über die Erdabkühlung, dass das Alter der letzteren 98,000.000 Jahre beträgt. (Phil. Mag. 1863, 4. F. B. 25, S. 5.) Er nimmt 100 Mill. Jahre für alle geologischen Perioden an. (On geological Time, Trans. geol. Soc. of Glasgow, 1868, B. 3, Th. 1, S. 27.) Die Sonne hat die Erde nicht mehr als 10 Mill. Jahre beleuchten können. Er behauptet gegen Huxley (Huxley, Geol. Soc. L. 1869, 19. Febr. seine Rede), dass die Sonne ehemals wärmer war. (Geol. Mag. 1869, B. 6, S. 472—475.)

Herr Thomson aus Glasgow hat sich auch mit dem Alter der Sonne und ihrem möglichen Schicksal beschäftigt. Aus der zweifelhaften Voraussetzung der durch Sternschnuppenfall genährten Sonnengluth folgert er, dass diese letztere in 300.000 Jahren kein Licht und keine Hitze mehr geben wird. Auf unserer Erde wird dann alles absterben. Der Erdball wäre vor 98,000.000 Jahren feuerflüssig gewesen. (Brit. Associat. 1865. Cosmos 1865, 2. F. B. 2, S. 327.)

Sir William Thomson behauptet, dass vor 100 Millionen Jahren die Erd-Rotation so schnell war, dass kein organisches Wesen auf der Erdoberfläche leben konnte; zweitens dass durch ihren immerwährenden Wärmeverlust die Sonne in 100 oder 150 Millionen Jahren die Erde nicht beleuchten und erwärmen kann; drittens dass die Erde vor 300 Millionen Jahren, oder selbst vielleicht vor nur 50 Millionen Jahren, noch feuerflüssig war, ein Resultat, welches er aus der Berechnung des Wärmeverlustes

---

[1] Siehe Revista miner. 1869, B. 19, S. 171.

gewinnt, den sie immerfort an ihrer Oberfläche erleidet. (1869. Ausland, 1870, S. 260.)

Wir haben schon gemeldet, dass Helmholtz das Alter der Erde auf 350,000.000 Jahre schätzt.

Einige Gelehrte haben endlich über den Weltuntergang ihrer Phantasie freien Lauf gelassen. L. Frisch gab zu Sorau im J. 1747 die Welt in Feuer oder das Ende der Welt 4° mit 12 col. Tafeln heraus. W. H. Seel zu Frankfurt druckte im J. 1817 vom Weltuntergang mit Beziehung auf die verkündete Wasserabnahme auf der Erde, 8°. Christ. Kapp philosophirte im J. 1836 über die Sterblichkeit der Erde. (Vergl. Hertha Kempten S. 130; N. Jahrb. f. Min. 1836, S. 220—221.) Im J. 1837 hielt Marcel de Serres einen Discours sur l'Avenir physique de la Terre, Faculté des Sciences, Montpellier, 8°. A. Petzholdt gab im J. 1845 in der Dresdener naturwissenschaftl. Gesellschaft einen Vortrag über die Art jenes Erd-Absterbens. (Dresd. naturwiss. Jahrb. 1845, B. 1, S. 164—192.) Dr. H. G. L. Reichenbach druckte zu Dresden im J. 1846 über die Erhaltung der Welt eine physico-theologische Betrachtung, 8°.

Durch diese Zusammenstellung fast aller bisherigen Zeit-bestimmungen der verschiedenen Formationen und Erdumformun-gen kommt man nun leider zu dem Schluss, dass alle diese Be-stimmungen, obgleich manche sehr geistreich gefasst sind, keinen reellen numerischen Werth haben. Es sind immer nur approxima-tive Werthe, zu deren weiterer Bestimmung die nothwendigsten Thatsachen oft noch fehlen und manche derselben nie entdeckt werden oder auch nur werden können.

Was aber den möglichen Weltuntergang betrifft, so bleibt doch immer der vernünftigste Gedanke derjenige, dass bei Fort-setzung der jetzigen Wirthschaft mit Feuerungsrequisiten, wie Kohle, Braunkohle und Holz, einmal eine Zeit kommen wird, wo das Quantums-Verhältniss des brennbaren Stoffes zu der dann grösseren Zahl der Menschen und ihrem bedeutenderen Bedarf für Communication und Handels-Angelegenheiten kein proportionales mehr sein wird. Nicht nur zerstört oder verwüstet man die Wälder ohne neue anzulegen, überall beutet man die Kohle und Braun-kohle aus. Diese Abnützung der den Menschen nothwendigen Requisiten wächst aber jedes Jahr mehr in geometrischer als in

arithmetischer Proportion. Man lebt fröhlich weiter, ohne an eine
Zukunft zu denken, welche nothwendigerweise einmal eintreten
wird, man tröstet sich mit der weiten Entfernung dieses verhäng-
nissvollen Zeitpunktes, anstatt bei Zeiten Vorsorge dagegen zu
treffen. Man jubelt über die Fortschritte der Industrie und die immer
steigende Ausbreitung der Civilisation, ohne an seine Nachkommen
zu denken, welche dann gewiss schrecklichen Katastrophen aus-
gesetzt sein und ihre Zahl plötzlich oder allmälig sehr zusammen-
geschmolzen sehen werden. Einen sehr wichtigen und sich selbst
immerfort erzeugenden Ersatz für Kohle und Holz werden in
allen Fällen die Torfmoore liefern, welche in jetziger Zeit nur
zum kleinsten Theile von den Menschen benutzt werden, obgleich
schon eine gewisse Anzahl durch Menschenhände in urbare Felder
verwandelt wurden. Die Torfmoore der Gebirge blieben fast alle
unberührt und für die Nachkommenschaft ein wirklicher einmal
zu erhebender Schatz.

Aus der k. k. Hof- und Staatsdruckerei in Wien